AF464869

ABEL PÉREZ CRESPILLO

Las Aventuras de un Hombre Tranquilo y Otros Relatos

Título original: Las Aventuras de un Hombre Tranquilo y Otros Relatos

perezcrespillo@gmail.com
ISBN: 978-1-4467-5758-1

Dedicado a mi esposa.
Por infinitas razones.

Índice

Las Aventuras de un Hombre Tranquilo

Cédric era un hombre tranquilo. Llevaba a su vez una vida tranquila y sosegada, sin eventualidades que hicieran romper su adorable rutina. Cualquier día resultaba ser parecido, si no igual, al anterior, y eso le gustaba. Rondaba entre los cincuenta y los sesenta años, y su calvicie y su tripa iban ganando cada vez más terreno. Vivía según él en el lugar más silencioso de todo París, en la buhardilla de un antiguo edificio de la calle Saint-Honoré, cerca de la Place de La Concorde.

Cédric había querido ser escritor, pero nunca consiguió escribir nada interesante. La vez que más cerca estuvo de publicar algo, fue aquella vez que ganó un certamen literario del Liceo. El premio consistía en la publicación de la obra en uno de los periódicos con más tirada de la capital. Tras el fallo del jurado su relato desapareció misteriosamente. La secretaria que introdujo su relato en un sobre para enviarlo a la imprenta, hablaba por teléfono en ese momento con una amiga, que acababa de comprometerse con un famoso abogado que, según todos decían, gozaba de una gran fortuna. La empleada, de la emoción, introdujo erróneamente en el sobre el diagnóstico de su ginecólogo en lugar del texto ganador. La impaciencia cautivó a Cédric durante los días siguientes, hasta que su relato fue publicado en el dominical de Le Parisien. Cuál magna fue su sorpresa cuando vio un relato breve acerca del estado del aparato reproductor de una mujer firmado con su nombre.

De aquello hacía mucho tiempo, y Cédric había decido dedicarse a la supervisión de novelas de una editorial no muy conocida de la capital. En un rincón de su buhardilla, bajo un gran ventanal, había colocado un escritorio de color marfil que compró por treinta y dos euros en el mercado que los domingos podía encontrarse en la plaza donde él vivía. Sucedió de la siguiente manera: quedaba poco para finalizar la jornada y el vendedor pensaba tirar aquel viejo mueble con la pata rota, ya que no conseguía venderlo de ninguna forma; hasta que un hombre de porte tranquilo se detuvo en su puesto y preguntó por el precio de aquel escritorio. Con un poco de ingenio Cédric consiguió solucionar el problema de la pata rota. Y en él se sentaba a leer las novelas que autores nóveles enviaban a la editorial con ilusas ansias de fortuna y de gloria. Él las leía pacientemente, como todo lo que hacía, sentado frente a su ventana con vistas al Jardin des Tuileries.

La Cuarta Ninfa

Son muy pocos los que conocen la leyenda de la mariposa de piedra. Es curioso –y a veces trágico– cómo el eco de los tiempos borra impune las huellas de mujeres y hombres. Historias que no quedaron guardadas en libro alguno y que llegaron a convertirse en leyendas. Leyendas que se transformaron finalmente en meros cuentos para divertir a los nietos bajo las estrellas, en alguna calurosa noche de verano. Los personajes de esos cuentos, como personas que fueron una vez, reviven cada vez que alguien los recuerda. Al final, mueren definitivamente cuando su historia es derramada en los colmados campos del olvido.

Y es en esta ocasión, mi querido lector o lectora, cuando voy a rescatar cierta historia que deseo inmortalizar. Cecilia, nuestra protagonista, no es ninguna heroína forjada en el caos de una revolución; tampoco formuló ideas que cambiaran el rumbo del mundo; lo que hizo Cecilia fue dejarnos el gran ejemplo de la virtud y la gran lección de que todos y todas somos iguales ante los sueños, ante el sufrimiento, y sobre todo, ante el imperdonable paso del tiempo.

Schmetterling Ruger nació en Kaisluten, una pequeña ciudad del norte de Alemania, en el seno de una familia humilde. Según su madre le había contado, el día de su nacimiento, Schmetterling no paraba de llorar. Fue entonces cuando una bella mariposa entró por la ventana y se posó suavemente sobre la sencilla cuna que su padre había construido. Su madre presenció cómo su pequeña dejó de llorar, y por ello decidió llamarla Schmetterling, que significa mariposa.

La joven era la única descendiente del matrimonio, y había heredado la belleza de su madre, la inteligencia de su padre, y la sencillez y honestidad de ambos.

Cuando Schmetterling tenía quince años, su padre se alistó en la ilustrada iniciativa española de repoblar zonas inhabitadas de Andalucía, una tierra fértil y llena de oportunidades, según decían.

Con un equipaje compuesto mayormente por ilusiones y anhelos, los Ruger se incorporaron a la comitiva alemana que se dirigía a Francia. En el puerto de Marsella embarcaron rumbo a Almería en un bergantín español. Fue en ese trayecto donde su padre enfermó debido a un brote de fiebre amarilla que asoló el navío. El señor Ruger no consiguió llegar vivo a su tierra prometida. Destrozadas y casi sin aliento, Schmetterling y su madre se toparon no precisamente con aquellas ingenuas visiones que despertaron un día la esperanza de la familia de alcanzar una vida mejor.

Las condiciones salubres en aquella tierra extraña fueron realmente deplorables. El calor extremo de aquel verano de

1789 fue el causante de la fulminante muerte de la madre de nuestra protagonista.

Sola en un mundo desconocido, y perdida en el sinuoso camino de su propia vida, la joven marchó a la ciudad más cercana en busca de trabajo. Lo consiguió rápidamente en un telar del gremio de la seda, y se hospedó en una sucia pensión situada en uno los arrabales de la ciudad.

Pocos meses después, la chica conoció a Juan Martín, un joven escultor algunos años mayor que ella. La belleza de la muchacha alemana cautivó desde un primer momento al artista. Juan encontró en Schmetterling aquello que buscaba, halló la viva imagen de su madre. Y es que la hermosura de la joven era conocida más allá de las murallas de la ciudad: su pelo dorado destacaba con el moreno y castaño de las mujeres autóctonas; un intenso color azul de Prusia inundaba unos grandes ojos almendrados, los cuales desprendían una bondadosa y tímida mirada; las líneas de sus labios formaban una generosa, agradable y encantadora sonrisa; su piel, blanca y pura como los picos nevados de su tierra natal, no conocía imperfección alguna.

Juan no perdió el tiempo y pronto pidió matrimonio a la joven. El escultor, que no conocía en absoluto el idioma de su mujer, la llamó Cecilia, en honor a su madre fallecida, a quien tenía un gran afecto y admiración.

Para ambos, el día de la boda fue el más feliz de sus vidas. Cecilia por fin había encontrado un sentido a su existencia, y una recompensa por las penurias que había sufrido durante los últimos años. Sólo Dios y la divina providencia supieron, en aquel preciso día, el glorioso destino que había sido preparado para la joven. Pero aún debían de pasar algunos años más.

Juan era el mejor escultor de la ciudad. Definir su forma de ser es algo difícil, por lo que trataremos de adentrarnos en su complejo pasado para poder conocerlo mejor. Juan Martín Van Eyck fue hijo único. Su padre era maestro de obras de la ciudad, un hombre respetado y muy querido por todos. Su madre era hija de unos comerciantes procedentes de Flandes, establecidos en la ciudad desde varias generaciones atrás. La infancia de Juan fue difícil, debido al agresivo e injustificado comportamiento de su padre. Sus recuerdos más felices eran sin duda aquellos en los que su madre aparecía. Su belleza, su dulzura, su eterna sonrisa marcaron para siempre al escultor, quedando grabadas en su mente, en su corazón y en su alma. Pero el misterio del destino nunca está carente de cierta crueldad, y con sólo nueve años, Juan presenció con sus propios ojos cómo las indignas manos de su padre arrebataban el alma del cuerpo de su madre. La vida de aquel niño cambió para siempre.

Con trece años marchó a la capital a aprender el arte de Murillo y Velázquez. Ingresó en una escuela sin mucha reputación, y para costear su aprendizaje aceptaba trabajos de todo tipo, desde chico de los recados a vendedor de periódicos, pasando por limpiabotas o mozo de cuadras.

Los años pasaron y la destreza y maestría de Juan creció. Sus profesores le preguntaban una y otra vez quién era aquella mujer de cabellos dorados que siempre aparecía en sus lienzos. Juan guardaba silencio ante aquella pregunta. Hubiera deseado contestar que era su madre, pero no podía. Su secreta intención no era otra que inmortalizar a su progenitora sobre un lienzo, pintar aquella visión divina que día y noche le acompañaba.

Juan se volvió más y más exigente consigo mismo. Y una mañana, descontento una vez más con su nueva obra, en un ataque de locura, destrozó uno a uno todos sus lienzos. Sus profesores no tuvieron más remedio que expulsarlo de allí para siempre.

A sus diecisiete años, Juan probó suerte con la escultura. Esta vez ingresó en la escuela de arte que fundó Murillo. Durante cuatro años aprendió los secretos de los grandes maestros, y trabajó creando bellas estatuas por encargo.

Pero de nuevo el destino tenía algo preparado para Juan. Cuando creyó conocer suficientemente el arte de la escultura, se dispuso a crear una imagen de su amada madre. Pero cuál fue su sorpresa al descubrir que la cara de su querida dama se había tornado borrosa. Habían pasado muchos años y había olvidado el rostro de su madre. Desconcertado y sumido en una profunda tristeza, se dio cuenta que jamás podría inmortalizarla. Derrotado y angustiado, volvió a su ciudad natal.

Regresó a la casa donde nació. Por entonces ya vivían nuevos inquilinos. Éstos le contaron que su padre había muerto hacía algún tiempo. Durante aquellos años la ciudad atravesaba una gran época de esplendor en todos los niveles: económico, artístico y cultural. Cualquier artista hubiera podido encontrar un buen trabajo, pero Juan deambulaba por las calles sin rumbo, sin ningún interés por pintar o esculpir. Pero toda su vida cambió el día en que conoció a una joven con los ojos de color azul de Prusia.

Los inicios de los recién casados fueron algo difíciles, pero aquella situación cambió rápidamente. Muy pronto Juan consiguió dinero para comprar una vieja casa, acomodarla e instalar un pequeño taller en su planta baja. Y así empezaron a trabajar. Día y noche, Juan esculpía la piedra y Cecilia posaba, día tras noche, noche tras día.

La primera escultura fue comprada a muy buen precio por Antonio Pérez de Barradas, Marqués de Peñaflor y de Cortes de Graena. El noble, grande de España, era un referente para las demás familias de los altos círculos de la ciudad. La rivalidad entre las diferentes casas nobiliarias por ganar la batalla de la ostentación y la demostración de poder, consiguió que a Juan le llovieran los encargos.

El escultor continuó creando con sus manos hermosas esculturas, todas femeninas, con los mismos ojos, los mismos pechos y los mismos cabellos.

Y así pasaron varios años. La situación social de la familia Martín mejoró. La pericia de Juan fue conocida no sólo en la ciudad, sino en toda la región. Continuaron viviendo en la misma casa de la calle Mármoles, pero perfectamente restaurada. Pronto pudieron permitirse muebles de madera de roble, grandes lienzos en las paredes, un caballo, caros trajes y vestidos confeccionados en París, vajilla de porcelana china,... A lo único que se negó Cecilia fue a contratar personal de servicio.

Pero Juan no era del todo feliz. Aunque su situación profesional y económica había medrado, y su habilidad daba signos evidentes de una gran progresión, el escultor aún seguía sin estar satisfecho. No encontraba forma humana de plasmar en una escultura la perfección física y espiritual de su madre. Con el tiempo, Juan se volvió más y más exigente consigo mismo y con su mujer. Aquella obsesión iba a marcar definitivamente el destino de ambos.

El escultor sólo aceptaba cierto tipo de encargos, únicamente figuras femeninas. La mayoría de sus obras iban destinadas a particulares, pero esta vez tenía un encargo del consistorio para una fuente pública que coronaría el centro de la Plaza Mayor. La propuesta de Juan fue de representar cuatro ninfas, espíritus de la naturaleza, cada una sosteniendo un cántaro sobre su hombro, del cual emanaría el agua de la fuente. El gobierno local aceptó gustosamente su idea. Aquel iba a ser el trabajo más importante de su vida, la obra que culminaría su carrera, consolidando su buena fama, ganándose el respeto de los grandes maestros y, sobre todo, inmortalizando por fin, y a la vista del mundo, a su madre.

Juan comenzó su gran obra dejando de lado encargos anteriores. Cada día se repetía la misma escena en el taller de Juan Martín: Cecilia al desnudo, con sus cabellos cayendo sobre sus pechos, sujetaba el cántaro con los ojos fijos en su querido esposo, mientras éste cincelaba y cincelaba. Seis largos meses llevó al artista sacar de aquel primer bloque de jaspe a la primera ninfa.

El resultado fue realmente espectacular. La belleza de su obra era verdaderamente magnífica, pero el escultor aún no veía colmadas sus expectativas, no conseguía apreciar la belleza de su madre en aquella figura. Sus quejas y su mal humor fueron en aumento. Cecilia sufría en silencio.

Juan empezó a esculpir la segunda ninfa. Esta vez el artista se dedicó como nunca antes a una obra. Detalle por detalle, hora tras hora, día tras día. Su comportamiento nervioso y desquiciado crecía, y su mujer pedía al cielo que su marido nunca llegara a perder el juicio. Cecilia, como nunca, se entregaba en cuerpo y alma en ayudar a su marido en su gran odisea. Después de un año la estatua fue terminada. Ésta llegó a superar el virtuosismo de la primera, pero Juan creyó que tampoco había tenido éxito en su empeño. No alcanzaba a ver más oportunidades en su vida que las dos ninfas que le quedaban por esculpir, y por eso un día llegó a revelar a su mujer que si no conseguía su propósito, se quitaría la vida, que no merecía seguir viviendo si no lograba inmortalizar a su madre.

Juan, a petición de su mujer, tomó unos meses de descanso. Al principio, el escultor agradeció aquel respiro y las aguas volvieron temporalmente a su cauce, pero el exceso de tiempo libre hizo que el artista empezara a rondar ciertas tabernas y burdeles de la ciudad durante los meses posteriores. Cecilia lo sabía e intentó convencer a su marido de que tenía que volver al trabajo, que si se incumplían los plazos que el consistorio había establecido, dejarían de pagarle. Juan no escuchaba.

Pasaron semanas y meses, y el tiempo va dejando incondicionalmente sus huellas sobre cada ser. Hasta que un día, el escultor comunicó a su mujer que volvería a esculpir, que iniciaría la tercera ninfa, pero que ella ya no posaría para él. Cecilia, escuchaba cómo su corazón le susurraba, de la forma con la que un buen amigo te anuncia una mala noticia, que nunca más volvería a posar, porque su belleza había empezado a marchitarse.

A partir de entonces, las noches fueron un suplicio para Cecilia. Juan salía a la calle en lugar de compartir el lecho con su esposa. Volvía horas después con mujeres más jóvenes que ella, prostitutas, cigarreras o taberneras. Se encerraban en su taller. Seguidamente el escultor desnudaba a su acompañante, le dictaba la pose a seguir y se ponía a trabajar. Cecilia lloraba cada noche, y sólo conseguía alcanzar el sueño con los primeros rayos de luz, una vez su marido se acostaba en la cama.

Y así pasaron dos años más, y la tercera ninfa fue terminada. Aunque era una bella escultura, sin duda alguna fue peor que las anteriores. Juan se derrumbó. Cecilia sabía que su marido había perdido toda esperanza, y ello le llevó a tomar la decisión más importante de su vida.

Cuando el sol desprendía los últimos rayos del día, llamaron violentamente a la puerta. Cecilia soltó la soga y dejó que el cubo cayera al fondo del pozo, produciéndose un lejano y profundo estruendo. Se cubrió con su mantón y se apresuró hacia la puerta trasera de la casa. Era Bernardo, el cantero, un estepeño rudo y grueso que suministraba al marido de Cecilia la piedra que necesitaba para esculpir sus obras. Tras dejar la mercancía en el taller con la ayuda de los tres ayudantes que le acompañaban, el cantero se marchó en su desvencijado carro, no sin antes dirigir a la mujer una lasciva mirada.

La esposa del escultor cerró la puerta y entró de nuevo en el taller para continuar sus quehaceres. Mientras ordenaba cinceles, rayadores, martillos y compases, fijó su mirada en el gran bloque de piedra rosada que acababa de recibir. Se acercó a él lentamente. Aproximó su cara y sus blancas manos sobre un jaspe frío y muerto. La cuarta y última ninfa saldría de aquel bloque. Su marido había puesto todas sus esperanzas en poder lograr su gran obra. Aquel era, para lo bueno o para lo malo, el destino de su esposo. Cecilia comprendió que había llegado el momento de terminar aquella historia, y supo que aquel final era perfecto, donde todas las piezas de su presente encajaban.

En el fondo de su corazón se reconocía allí dentro, inerte y sin forma, cautiva y angustiada, triste y sola, rezando desconsolada por que llegase pronto el momento en que su amor la sacase de aquella prisión con sus manos, hasta conseguir liberar su cuerpo, su esperanza, su deseo y su alma.

Se despojó de sus ropas. Desnuda y con lágrimas cayendo por sus blancas mejillas, desapareció.

Juan llegó a casa al amanecer. Había pasado la noche fuera. Subió a la habitación y no encontró a su esposa. La buscó sin éxito en la cocina, en el salón, en la despensa y en la cuadra. Hasta que entró en el taller.

El sudor de su frente se mezcló con unas lágrimas que no brotaban desde el triste e indignante entierro de su madre. El cielo y el infierno juntos, allí mismo, en su propio taller, la culminación de la gran obra maestra de la creación, el prodigio divino materializado. El escultor cayó de rodillas. No podía apartar la vista de aquel milagro. Ante él, erguida y firme, blanca y pura, grande y bella, diosa y amada, madre y esposa, se encontraba la cuarta y última ninfa, con su mirada clavada en el escultor. La más bella escultura que los ojos de un hombre o mujer pudieron observar desde el amanecer de los tiempos se encontraba ante él. Vio, por primera vez en muchos años, a su madre. Sintió su alma dentro de él, como un rayo de luz en medio de la oscuridad. También pudo sentir, por primera vez, el alma de Cecilia, su infinito amor por él, su silencio, su resignación, sus deseos, su esperanza, su dedicación y su sacrificio final.

Juan vio que las ropas de Cecilia yacían al pie de la estatua. El escultor, hundido por la súbita revelación, alcanzó uno de sus cinceles. Con un grito desgarrador hundió el frío metal en su corazón. Tendido en el suelo, mientras se desangraba, escultor y obra se miraban a los ojos. Una bella mariposa entró por la ventana y se posó sobre el hombro de aquella ninfa. Por primera vez en su vida, durante aquellos últimos segundos, el artista se sintió en paz.

Y así es como termina nuestra historia. Cuentan que Bernardo el cantero fue el que encontró el cuerpo de Juan. El consistorio consiguió hacerse con las cuatro figuras, y se hicieron los preparativos para su instalación. Pero de nuevo el destino hizo acto de presencia y aquel mismo día un destacamento francés invadió la ciudad. Una vez el ejército napoleónico tomó el mando, al igual que en otras ciudades españolas, se expoliaron piezas de arte y otros objetos de valor. Las ninfas de Juan Martín se perdieron de vista para siempre una vez partieron a la capital del imperio galo.

Y el tiempo pasó. Muchos años más tarde, el gobierno municipal encargó una nueva fuente, manteniendo el diseño original de Juan Martín. Aquellas ninfas no tenían en absoluto la belleza y espiritualidad de las de Juan, pero perduraron hasta nuestros días.

Y esta es la historia de Schmetterling, la mujer que se convirtió en imagen de piedra para cumplir el sueño de su esposo, la mujer que sacrificó su vida por una eternidad de piedra.

El Pintor de Nubes

En una pequeña aldea situada a la falda de una alta montaña, vivió una vez un niño muy especial. Su nombre era Simae. Era alegre, educado y bondadoso, ayudaba mucho a su padre y era muy respetuoso con los animales. Todos sus vecinos le querían por su forma de ser, pero sobre todo, porque era el único niño de la aldea. Por alguna razón inexplicable, durante muchos años dejaron de nacer niños en el pueblo, por lo que su población fue envejeciendo cada vez más.

En una mañana fría y clara, Simae acompañó a su padre a cortar leña a uno de los bosques de la montaña. El leñador quería que su hijo aprendiera su profesión, y pretendía enseñarle todo lo que sabía durante aquel verano.

- No quiero ser leñador, padre - comentó Simae mientras veía a su progenitor talar un gran cedro.

El hombre dejó su hacha en el suelo, se acercó apesadumbrado a su hijo y le susurró:

- Simae, Simae… Aquí los inviernos son largos y fríos. Todo se cubre de nieve durante meses. Sin la leña, todos moriríamos congelados. En la aldea, todos salvo nosotros son ancianos, y cuando yo envejezca, sólo tú tendrás fuerzas para cortar la leña necesaria.

Simae se quedó callado, sin saber qué decir. Aquel día comprendió que aquél era el futuro que le esperaba. La idea le entristeció bastante.

Durante las siguientes tardes, una vez había finalizado todos sus quehaceres, Simae iba a un prado cercano. Era verde y muy inclinado, y al niño le encantaba tumbarse boca arriba y recibir los templados rayos de sol sobre su cara mientras observaba con detenimiento las nubes que volaban lentamente sobre él, a veces con forma de grandes pájaros blancos, otras de caballos alados, y algunas como blancas ballenas que nadaban en un océano de aire… La imaginación de Simae volaba con aquellas nubes, y hasta que el sol no se ponía en el horizonte y todo se volvía de color naranja, no se levantaba para volver a casa.

Una de aquellas tardes, mientras Simae observaba las nubes, un hombre que caminaba montaña abajo se acercó al niño.

- Hola – saludó el hombre.

Simae se incorporó, y aunque era la primera vez que lo veía, lo saludó sin extrañarse.

- Hola - dijo el niño.

- Mi nombre es Vincent. ¿Y el tuyo?

- Simae.

Vincent era anciano pero andaba sin dificultad, tenía una barba blanca y corta, y portaba una mochila a la espalda.

- ¿Puedo hacerte compañía por un rato, Simae? Me vendrá muy bien descansar, esta montaña es muy alta.

- Claro – dijo el niño.

- Espero no molestarte – dijo Vincent.

- En absoluto. Sólo observaba las nubes.

Vincent miró hacia arriba y vio cómo nubes que parecían de algodón les sobrevolaban lentamente, ocultando a veces a un radiante sol.

- Vaya, es muy interesante Simae. Pero, ¿no deberías estar haciendo otras cosas, como estudiar o aprender un oficio? - se interesó Vincent.

- Por las mañanas mi padre me enseña a ser un buen leñador - comentó Simae algo triste.

- ¿Y tú quieres ser leñador de mayor?

- No importa lo que yo quiera. Seré leñador – dijo el niño.

Entonces Simae le habló de lo que pasaba en su aldea, de sus vecinos ancianos, del duro invierno en la montaña y de la necesidad de la leña. Vincent escuchó muy atentamente las explicaciones del muchacho.

- Es muy triste tener que ser algo que no quieres. Pero dime. ¿Qué te gustaría hacer cuando seas mayor? – preguntó el anciano.

- No lo sé - dijo Simae.

- ¿No lo sabes? Vamos, piensa un poco.

- Pues… - el niño se sonrojó.

- Adelante, uno nunca debe avergonzarse de sus sueños.

- Me gusta… me gusta observar las nubes.

El anciano miró al niño con ternura. Se volvió a su mochila y sacó de ella una pequeña maleta.

- Hace mucho tiempo que no escucho un deseo tan sencillo y tan noble. Voy a hacerte un regalo chico. Dentro de este maletín tienes todo lo necesario para aprender a pintar.

Simae no sabía que decir. No entendía qué tenía que ver aquello con las nubes.

- Gracias señor. Agradezco muchísimo su regalo, pero yo no sé nada de pintura.

- ¡Sabes mucho más de lo que imaginas! Para pintar un cuadro hay que saber observar y saber pintar. Y tú ya sabes la mitad de lo que un buen pintor necesita.

Vincent se despidió del chico, se echó al hombro su pesada mochila y se fue prado abajo hasta perderse de vista.

Simae se ilusionó mucho con aquella idea, y empezó a pintar por las tardes, en el prado, las nubes que tantas veces había observado. Al principio le resultó difícil, pero poco a poco fue aprendiendo a pintar hermosas nubes blancas. Su padre, al ver a su hijo más contento que de costumbre, estaba encantado con aquella nueva afición.

Los días pasaron, y las semanas, y los meses, y Simae siguió pintando nubes blancas… y los rayos de sol siguieron siendo templados, y el prado siguió siendo verde. Los ancianos de la aldea, extrañados, atribuían el afortunado cambio de clima a los cuadros de Simae. Su padre había recogido tanta leña como para poder pasar tres inviernos, así que pudo hacer otras cosas, como arreglar tejados, pintar las casas o cuidar el ganado.

Y así, sumidos en un verano perpetuo, pasaron los meses y pasaron varios años. Simae creció, y su afición por pintar nubes no cesó. Sus cuadros, cada vez más bellos y perfectos, recorrieron todo el país, y personas de todos los lugares acudían a la montaña para comprar los cuadros del muchacho. Muchos de ellos se quedaron a vivir en la aldea, pues tan sólo en aquella montaña hacía buen tiempo durante todo el año. El pueblo creció, y por fin se pudieron ver niños y niñas jugando por las calles. La vida había vuelto a la montaña con todo su esplendor.

Una tarde, se disponía Simae a pintar una nueva nube en forma de caracol, cuando una voz conocida dijo tras él:

- Hola Simae. Veo que has crecido mucho. Y que aprendiste a pintar, muy bien por cierto.

Simae se volvió y vio a Vincent, algo más anciano que cuando le conoció.

- Me alegro de verle. Tengo que darle las gracias… Han pasado muchas cosas… - dijo emocionado Simae.

- Lo sé muchacho. No hace falta que digas nada. Eres famoso por doquier.

- La aldea es ahora un lugar feliz. Hay familias, jóvenes y niños… Yo me dedico a hacer aquello que me gusta. Este prado no ha dejado de ser verde, este cielo es siempre azul y este sol no ha dejado de calentar. Soy muy feliz. Y todo ello se lo debo a usted.

- No he venido a que me des las gracias. Sólo he venido a advertirte algo. Tienes un poder muy especial chico, y si lo utilizas mal, puedes hacer mucho daño. No debes pintar más allá de esta montaña. Es importante que lo recuerdes siempre.

- Gracias Vincent. Lo tendré en cuenta. Por cierto, ¿puedo preguntarle a dónde se dirige? - dijo Simae.

- Claro que puedes. Voy a la cima de la montaña. Si algún día subes hazme una visita, me gustará mucho verte de nuevo.

Vincent se despidió y continuó su camino montaña arriba con la agilidad que le caracterizaba.

Pasaron varios años. Simae se convirtió en un apuesto joven y en el pintor más famoso del país. Una mañana, un sultán de tierras lejanas llegó al pueblo junto con una comitiva compuesta de mil soldados, cientos de camellos y más de cien sirvientes. El sultán preguntó por el pintor de nubes a los aldeanos, y un muchacho fue al prado a avisar a Simae.

El pintor invitó al sultán a su humilde casa, le sirvió un poco de licor de hierbas y se sentaron a la mesa. El monarca, que era un hombre justo y noble, agradeció la hospitalidad del muchacho. Acto seguido le explicó el motivo de su visita.

- Mi país se muere de sed. Hace años que no llueve ni una sola gota. La mayoría de los pozos se han secado. La tierra es tan árida que no ninguna semilla puede brotar… - El sultán se frotó los ojos y continuó -. Mis consejeros han oído hablar de tu poder. No sé si eres un farsante o realmente tienes un don especial, pero eres la última esperanza que puedo ofrecer a mi pueblo.

A Simae le conmovió profundamente la explicación del sultán.

- Siento mucho el sufrimiento de su gente, pero no puedo hacer nada. Sólo sé pintar nubes blancas - dijo Simae.

- Pues pinta nubes negras, nubes cargadas de agua. Te suplico que vengas conmigo – dijo el Sultán arrodillándose ante al muchacho.

- Póngase en pie por favor. Haré lo que me pide.

El Sultán se levantó y le dio un gran abrazo.

Simae acompañó al sultán y a su séquito a su país. El viaje fue bastante largo y duro, pero al fin, dos meses después de haber partido, llegaron a su destino, un reino en medio del desierto. Un sol gigantesco, lleno de fuerza, bañaba las arenas sin ningún tipo de contemplación. Simae observaba afligido los vanos intentos de unos niños por sacar agua de un poco completamente seco.

- Bienvenido a mi país - dijo el sultán con una sonrisa triste.

Entraron en la capital del reino. Simae, rechazando una lujosa habitación que le habían preparado, pidió instalarse en la torre más alta del palacio.

Allí Simae, con el caballete y el lienzo preparado, pinturas grises y pincel en mano, comenzó a pintar: pintó trazos negros que fueron tomando la forma de grandes nubarrones, que lo ocupaban todo, que descargaban agua por doquier; un lienzo, dos, tres; el cielo empezó a oscurecerse y las gentes de la ciudad miraban extrañadas hacia arriba. De repente, lluvia. Después, risas, exclamaciones, vítores, todos los ciudadanos en la calle, abrazándose unos a otros, niños jugando… En lo alto de la torre, Simae, con una gran sonrisa, pintaba sin parar. Pensaba hacerlo hasta que desfalleciera…

Tres años más tarde de las primeras lluvias, Simae se había convertido en la persona más importante del país después del sultán. El reino era ahora una nación prospera y rica, un gran vergel esplendoroso, con cientos de miles de millas de fértiles tierras de cultivo.

Una mañana Simae fue a visitar al sultán. Éste se alegró mucho de verle:

- ¡Hola muchacho! Hace días que no te veía.

- Hola. Me gustaría hablar con usted - dijo Simae haciendo una reverencia.

- Dime. ¿Qué te trae por aquí? ¿Necesitas algo? ¿Más sirvientes? ¿Más caballos? ¿O más mujeres?

- No, no… Sin sirvientes, dos caballos y una esposa ya me basta. Aún así, gracias.

- Entonces, habla muchacho.

- Me gustaría volver a mi país, a mi montaña, me gustaría que mi padre conozca a mi esposa.

El sultán se quedó pensativo unos instantes. Sabía que ese momento llegaría algún día. Al fin dijo:

- ¿Sabes lo que pasará si te vas?

- Lo sé. Pero prometo volver pronto.

Los dos amigos se fundieron en un emotivo abrazo, porque algo en el interior de ambos, les decía que nunca más volverían a verse.

Simae y su esposa partieron y dejaron atrás el desierto. Cruzaron estepas, bosques y cordilleras.

Un día, cuando cruzaban el paso entre dos grandes montañas, vieron un paisaje desolador: un gran volcán en erupción incendiaba un gran bosque tan grande que se perdía en el horizonte. Se encontraron con un hombre que huía junto con su mujer e hijos pequeños. Simae se interesó por la situación.

- El volcán despierta cada doscientos años y arrasa bosques y pueblos. Dejamos nuestra casa porque ya no es posible vivir aquí. Al igual que nosotros, miles de personas están abandonando estas tierras.

La esposa de Simae sabía que su marido no iba permitir aquel infierno. En la montaña más alta que encontraron, Simae empezó a pintar: una gran nube, la más monstruosa que jamás hubo dibujado descargaba con violencia sobre el volcán, una cortina de agua tan inmensa como mil cataratas juntas. La nube se recreó en el cielo tal y como Simae la había pintado, y durante siete días y siete noches llovió sobre el volcán. Después, pintó nubes negras más pequeñas para que apagaran el bosque en llamas.

Todo volvió a la normalidad. Los habitantes del bosque pudieron volver a sus hogares y a retomar sus vidas. Las gentes, agradecidas, invitaron a Simae y a su esposa a que se quedaran a vivir allí, pero éstos debían continuar su camino.

Durante el resto del viaje, Simae hizo uso de su poder en más ocasiones para ayudar a otras personas en apuros.

Un mes más tarde, el matrimonio llegó a su destino. Situados al pie de la montaña de la aldea de Simae, la visión era dantesca: todo estaba cubierto de nieve, absolutamente todo, bajo el influjo de una gran tempestad invernal. Subieron a duras penas hasta que llegaron al pueblo. Todo era desolación. Sus habitantes, supuso que aquellos que habían decidido quedarse, habían muerto congelados. Simae dio un grito de rabia al viento con la vista puesta a la cima de la gran montaña. Pensaba desvelar al fin el misterio de su poder. Sólo había un hombre que podía darle respuestas, y no era otro que el curioso personaje que una tarde le animó a pintar nubes. Con pesar, Simae pidió a su esposa que volviera a su país porque él tenía que hacer algo muy importante. Ella sabía que nunca volvería a ver a su marido, pero como mujer del desierto, no puso objeción alguna y cumplió los deseos de su esposo.

Simae empezó a subir por primera vez en su vida la montaña que le vio nacer. Durante treinta y tres largos días y treinta y tres largas noches escaló la que decían era la montaña más alta del mundo, soportando temperaturas que jamás había conocido, vientos huracanados y terribles tempestades de nieve. Cuando quedaban pocos metros para alcanzar la cima, resbaló y salvó el tropiezo agarrándose fuertemente y con una sola mano al saliente de una roca congelada. Hizo un gran esfuerzo por alcanzar con la otra mano una grieta cercana, pero no lo consiguió, su mano resbaló y cayó al vacío.

Su cuerpo inerte y congelado se ahogó en el océano de nubes grises que rodeaba la montaña hasta desplomarse a poca distancia de su pueblo, en el mismo prado, esta vez cubierto de nieve, donde aprendió a pintar nubes blancas.

Dedicado a todos aquellos que perecieron justo antes de encontrar el verdadero sentido de sus vidas.

La Mano de Dios

«La Divina Providencia es la mano de Dios que desciende a nuestro mundo mortal para conducirnos a nuestro destino».

Don Álvaro dejó la pluma sobre su antiguo escritorio de caoba, se recostó en su angosto sillón y cerró sus ojos lentamente, quizá intentando saborear las últimas palabras que había escrito en su diario secreto. Como si verdaderamente su mano plasmara la historia y el devenir de los tiempos, el fraile sentía en su corazón cada frase escrita, fruto de una larga vida dedicado al estudio de Dios, del mundo, del hombre, y sobre todo, la relación que los une.

Álvaro leía con ahínco por las noches: historia, arquitectura, arte, astronomía, filosofía y cualquier otra ciencia que cayera en sus manos. Durante años, la estilizada caligrafía del fraile dio forma a unas ideas, que iluminadas por la cerrada interpretación eclesiástica de algunas décadas atrás, le hubieran enviado a la hoguera; pero que a día de hoy a lo sumo podían excomulgarle para siempre de su orden. A pesar de sus más de sesenta años, su mano no temblaba ni siquiera cuando debía plasmar sus reflexiones más heréticas. Su puro convencimiento de haber encontrado su verdadero camino hacía de su ser más espiritual que nunca. Fray Álvaro cogió de nuevo su pluma.

«Nuestro tiempo es muy limitado, pero podemos hacer perdurar nuestras acciones hasta la eternidad. Nadie puede apagar el eco de la historia porque ésta pertenece a los hombres».

Dejó de escribir otra vez, pero esta vez se detuvo a observar el bello atardecer de aquel 24 de julio de 1835. Adoraba aquellos débiles rayos de un sol ámbar fundiendo con parsimonia la ciudad. Aquel momento era su favorito del día. La pequeña pero bien sitiada ventana de su celda le concedía una amplia perspectiva de su ciudad adoptiva: altas e ilusas torres intentando lentamente acariciar un cielo ya color cobre, agudos tejados de iglesias y de blancos conventos, robustas murallas milenarias, miradores de hermosos palacios y alegres casas solariegas. Todo aquello formaba una sinfonía muda pero perfectamente armónica que inducía a cualquiera a enamorarse de aquel lugar. Algo parecido fue lo que él mismo sintió hacía casi cuarenta años, el día en que pisó por primera vez aquel monasterio. Se recordaba joven e inexperto, pero colmado de vitalidad, fuerza y voluntad. Tenía veintidós años, y fue destinado con la recomendación expresa del obispo de Burgos a uno de los principales núcleos eclesiásticos del reino. Recordaba aquella tarde de verano perfectamente: el cielo anaranjado acompañado de un escurridizo sol, el bueno del padre Genaro dándole la bienvenida, el olor a azahar, pero sobre todo, la gran ilusión de quien por fin conoce su destino.

Pero dejemos el pasado de don Álvaro para hablar de su presente. Además de llevar una vida tal y como exigía su orden, de culto al estudio como manera de perfeccionamiento espiritual y de acercamiento a Dios, impartía clases a algunos jóvenes de familias nobles. Todos los días, a excepción del domingo, a las nueve de la mañana, acudía a su aula dentro del monasterio para transmitir su conocimiento. La ironía del destino hacía patente que, en su juventud, aquella tarea de la enseñanza no había sido de su agrado, y ahora, en el ocaso de su existencia, era una de las actividades que más le motivaban.

El viejo fraile escribió unas últimas líneas en su diario antes de bajar a cenar al refectorio.

«*Militia est vita hominis super terram*». Job 7,1.

A la mañana siguiente, después de la hora tercia, Fray Álvaro de Ayala subió a su celda a coger el material que necesitaba para la clase del día. Sus alumnos solían ser muy puntuales, y como la demora no resultaba nunca de su agrado, subió presuroso los tres tramos de escalera que conducían a su pequeña celda. Los pensamientos de don Álvaro sobre el tema a tratar en la clase de filosofía de aquel día se difuminaron por completo cuando, al entrar en la habitación, la figura oscura de un hombre lo esperaba. Una máscara negra que dibujaba un rostro sumamente aterrador cubría la cara de su visitante. Una capa igualmente sombría le cubría todo el cuerpo y arrastraba por el suelo. La ventana quedaba a las espaldas de aquella figura, y el sol, que ya despuntaba en aquel momento, inundaba de luz la habitación. El fraile dio dos pasos a su derecha para evitar el contraluz y poder ver mejor. La cara de sufrimiento de aquella máscara giraba a la par que el dominico se desplazaba, sin perderle de vista.

- ¿Quién osa a presentarse en mi celda sin aviso alguno, disfrazado y sin mostrar ningún atisbo de educación? – preguntó el monje recobrando su entereza.

- Mi nombre no os incumbe – era una voz grave y profunda, como si saliese del fondo de una caverna -. Contentaos con saber que soy el elegido, por orden divina, para acabar su obra – aquella figura ensombrecida se mantenía en la más estricta quietud, salvo por la ondulación periódica que mantenía su capa a merced del viento que entraba por la ventana.

- Siento defraudarle, señor, pero desconozco la obra de la que habláis.

- Necesito que me entreguéis el manuscrito que a buen recaudo guardáis. Por vuestro bien espero que actuéis con vuestra mejor mesura. No tengo mucho tiempo.

Un sudor frío emanó de la frente del anciano. Sabía que ese momento llegaría algún día, aunque siempre mantuvo la esperanza de que el tiempo borrase sus propias huellas y nunca sucediese.

- Siento contrariarle de nuevo, pero no encuentro sentido alguno en sus palabras. Ahora, si no tiene más que decirme, abandone el monasterio, empiezo una clase en dos minutos.

La sombra, cual figura pétrea, permaneció muda, observando a su interlocutor.

- Creo que este disparate está extendiéndose en demasía. Vuelva al baile de máscaras del que ha venido. Tengo muchas cosas que hacer y usted me está haciendo perder un tiempo valioso - don Álvaro se giró hacia la librería que tenía a su derecha y empezó a seleccionar los libros que necesitaba para su clase.

La sombra quedó en silencio unos segundos, observándole en calma. En un instante y a la velocidad con que un águila atrapa a su presa, el oscuro visitante agarró con una mano el cuello del fraile, levantándolo hasta dejarlo de puntillas. Lo mantuvo sujeto, mirándolo fijamente. El dominico pudo observar unos intensos ojos azules, cargados de cólera y de una inmensa ambición. Empezaron a oírse unas voces de personas jóvenes fuera en la calle.

- Esta noche, a las once en punto, le espero en el monasterio abandonado de los jesuitas. Tráigalo - don Álvaro le mantenía la mirada, furioso y confuso. Y con la misma velocidad que lo había atrapado, le dejó caer.

La figura se dirigió hacia la puerta y se marchó con paso decidido. Posiblemente nadie le vería, pues los hermanos se encontraban fuera, ocupados en sus quehaceres diarios, la mayoría en el huerto del monasterio.

Don Álvaro se quedó sentado en el suelo, jadeante y casi sin respiración, sujetando su dolorido cuello. Con la mirada fija en el cajón secreto de su biblioteca, oyó unos pasos apresurados subiendo las escaleras. Al instante, un muchacho de unos dieciocho años parose en seco ante el umbral de la puerta; ante sí vio una escena estremecedora. El joven nunca había leído en los ojos de su maestro aquel sentimiento de terror. Se abalanzó a ayudarle a ponerse en pie.

- Don Álvaro, ¿qué ha sucedido? Me he encontrado con un hombre vestido de negro que huía por la puerta de la iglesia.

- ¿Y los demás? – preguntó casi sin voz el anciano dominico.

- Creo que se encuentran ya en el aula. Como sabe, siempre llego tarde a su clase. Me he cruzado con ese individuo. Parece que se ha fijado en mí durante unos instantes y ha reanudado su apresurada marcha hasta perderse - el muchacho ayudó al fraile a sentarse en su sillón.

- Cierre la puerta por favor - el pupilo cumplió la orden de su maestro sin titubeos –. Tiene que ayudarme - el joven puso cara de sorpresa e inquietud.

- Será un placer ayudarle en lo que necesite, don Álvaro. ¿Qué puedo hacer?

- Escuche con mucha atención. No tengo mucho tiempo. Voy a entregarle algo de lo que necesito desprenderme. Tómelo como un legado - el discípulo escuchó con tanta atención como pudo cada palabra de su maestro -, es imprescindible que absolutamente nadie conozca su paradero. No debes contar bajo ningún concepto nada de lo que has visto y oído hoy - don Álvaro tosió de forma convulsiva hasta, con dificultad, aclararse la voz –. Ayúdeme a levantarme.

El joven le ayudó a ponerse en pie y a dirigirse a su biblioteca. El fraile cogió un par de libros del segundo estante, descubriendo una moldura en el fondo que escondía una palanca inexistente a simple vista. Tiró de ella con mano temblorosa y se oyó un leve sonido metálico. Después se dirigió a un lateral del mueble y pudo verse como un pequeño rectángulo, parte de la ornamentación de una bella talla de imágenes del antiguo testamento, sobresalía ligeramente. El dominico tiró del cajón. Dentro pudo verse un viejo libro. Lo tomó rápidamente y lo envolvió en un trozo de tela de algodón. Acercándoselo a su alumno, le dijo:

- Escóndalo – de los ojos del anciano brotaron unas lágrimas casi imperceptibles -. Las notas e ideas que existen en su interior son frutos de años de trabajo. Si así lo desea puede continuar el camino que yo mismo emprendí hace ya mucho.

Su alumno observó el presente. No entendía en absoluto aquella situación. Cogió el libro.

- Puede confiar en mí, fraile. Pero, ¿a qué camino se refiere? ¿A dónde conduce ese camino? – Fueron las preguntas que primero pudo pronunciar de las tantas que se arremolinaban en su cabeza.

- Existen muchos hombres que matarían por este libro. Si cae en manos equivocadas, puede que nos espere un futuro oscuro e incierto. Si decide no leerlo, simplemente ocúpese de que no vea la luz. Pero si elige conocer sus entrañas, puede llegar a alcanzar lo que sólo unos pocos han conseguido.

- ¿Y qué es eso tan buscado que sólo algunos han logrado encontrar?

El anciano fijó sus húmedos ojos en los de su alumno durante unos segundos. Al fin pronunció las dos palabras que quedarían selladas con fuego en la mente y el corazón del muchacho durante el resto de su vida.

- La inmortalidad.

El hermano Juan de Arce salió de la iglesia algo preocupado. Su hermano Álvaro no había asistido ni a Prima ni a Laudes, y tampoco lo había hecho a Tercia.

Primero fue a la cocina a por una infusión de poleo. «No hay duda que está de nuevo aquejado del estómago». Pensó el joven monje. Después subió las escaleras hasta el último piso, donde se encontraba la celda de Álvaro.

Abrió la puerta con sigilo, no quería despertarle con un sobresalto. Pero la imagen que encontró el joven dominico no pudo verla ni en sus peores pesadillas. Persignándose avanzó lentamente hasta el escritorio, donde don Álvaro yacía sobre su sillón. Dos puñales clavados en la mesa atravesaban sus manos. Su cabeza reposaba sobre legajos que estaban repartidos por todo el escritorio. Ahogando un grito de terror, el joven levantó la cabeza de su hermano. Una expresión de terror se dibujaba en su macilenta cara, manchada de sangre y tinta. Un puñal con forma de crucifijo se hundía inequívocamente en su anciano corazón.

Con las manos manchadas y gritando auxilio a sus hermanos, Juan miró a su alrededor. Todo estaba desordenado. Libros y otros documentos estaban esparcidos por el suelo.

- *Certa mihi mors, incerta est funeris hora* – el joven oyó los pasos de sus hermanos subiendo apresuradamente las escaleras. Mientras, todo empezó a girar y a desvanecerse, y sintió caer.

Biostop

El hombre no puede parar el tiempo. Al menos eso creía. Cualquier acontecimiento presente es fruto de una serie calculada de causas y efectos, una perfecta melodía que recompone, con ayuda del tiempo, un difícil puzle cuyo resultado es, en el caso de este artículo, uno de los hechos más relevantes del siglo XXI. Son las diez de la mañana del 8 de febrero de 2080, y voy a intentar que conozca el origen, las claves del éxito y la trascendencia en la historia del mundo del sistema Biostop.

Hasta donde mi memoria y razón intentan comprender, su origen se remonta al año 2008. Una grave crisis económica y financiera asoló el primer mundo. Los países más desarrollados perdieron poder e incluso algunos se declararon en quiebra. Otras potencias, que crecían paralelamente y en la sombra (denominadas por entonces como países en vías de desarrollo), tomaron el relevo y se colocaron como poderosas potencias económicas y militares. El engranaje del mundo dejó de funcionar durante algunos años, y cuando volvió a moverse, lo hizo de forma distinta que décadas atrás. Hubo muchísimos cambios que, al no ser el caso, no enumeraremos. Sólo nos centraremos en uno: en la carrera espacial. Los gobiernos norteamericanos, europeos y rusos, debido a la gran depresión, no pudieron seguir soportando las grandes partidas presupuestarias que destinaban a sus respectivas agencias para el desarrollo y la investigación espacial. Muchos proyectos se quedaron en el tintero y la comunidad científica mundial empezó a pronunciarse. Ante esto, el gobierno norteamericano, permitió que capital privado financiara los proyectos y misiones espaciales. Y así fue como grandes corporaciones entraron a formar parte de la NASA.

Durante la segunda década del presente siglo, dichas corporaciones destinaron grandes sumas de dinero a los proyectos más diversos. Los grandes contratos que contrajeron con el gobierno les permitían obtener provecho del conocimiento obtenido en I+D para fines comerciales.

En 2029 el hombre pisó por primera vez el planeta Marte. Al igual que Neil Amstrong hizo sesenta años antes, Yuki Sakura clavó una bandera en la superficie roja; con la diferencia de que en dicha bandera aparecía el logo de la multinacional MITSIU, y en el traje del astronauta lucían unos veinte emblemas comerciales.

Cinco años después, según los acuerdos, MITSIU podía explotar el conocimiento adquirido por su empresa en el proyecto. La primera aplicación que lanzaron al mercado fue resultante de años de investigación sobre el mantenimiento de las condiciones vitales de seres vivos durante largos períodos, algo que fue fundamental para que los astronautas llegaran en perfectas condiciones al planeta rojo. Se consiguieron reducir las constantes vitales de seres humanos durante meses, manteniendo su mente ocupada y su musculatura en actividad mediante descargas eléctricas controladas. Era algo así como un coma vigilado, manteniendo la forma física y mental de la persona. Pero sobre todo se obtenía un beneficio extraordinario: se conseguía parar el reloj biológico de aquellas personas. En 2034 el producto fue rediseñado y mejorado para ser comercializado y utilizado por cualquier ser humano. Así nació el sistema Biostop.

Durante los primeros años, se abrió una sucursal en cada una de las principales capitales de Estados Unidos y Europa y, debido a su elevado precio, en un primer momento los usuarios eran personas con gran poder adquisitivo. El sistema tuvo muchos detractores, muchas organizaciones e instituciones pusieron el grito en el cielo, pero poco a poco dichas voces se fueron callando, en parte porque, en años posteriores, los costes se abarataron y aparecieron sucursales por todo el mundo: Biostop empezó a formar parte de la vida de las personas. El sistema fue mejorado y pudo ampliarse el tiempo ofrecido, desde los tres meses iniciales a los seis, a los nueve, un año, dos... Y así hasta los diez años.

La sociedad cambió. Ya no se ahorraba para un viaje o para una operación de cirugía, todo el mundo quería someterse a una sesión de Biostop. La mayoría lo hacía para retrasar el envejecimiento, para parecer más jóvenes, no frente al espejo, sino ante familiares, amigos y vecinos. Llegó a convertirse en una obsesión para muchas personas. Familias enteras entraban en las cabinas azules de Biostop durante años. Las empresas recibían cada vez más excedencias de sus empleados para someterse al sistema. A pesar de que la Organización Mundial de la Salud imponía un límite de diez años de tratamiento total en la vida de una persona, hubo quien falsificó su identidad para someterse a mucho más tiempo.

A mediados de los años sesenta, hubo un gran escándalo que nunca llegó a esclarecerse. Hubo denuncias en las que usuarios de Biostop aseguraban como les inducían ideas subliminales durante sus sesiones. Declaraban que les incitaban a votar a un determinado partido político. Dichos casos fueron archivados.

Para hacer el producto aún más asequible, se ofreció a los usuarios recibir mensajes publicitarios durante todo el tratamiento. Fue un gran éxito.

El sistema sigue mejorando, y ahora mismo el 1% de la población mundial está "invernando" en las cámaras de Biostop. Un 49% lo ha hecho ya alguna vez. Mi nombre es Abel Pérez Crespillo y estoy dentro de ese porcentaje. Hoy cumplo 100 años. Si pudiera verme, seguramente acertaría a decir que tengo cincuenta, porque esa, amigo lector, es mi edad biológica.

La Copia

La doctora Sonia Miller nunca había estado tan nerviosa. Aparentemente mostraba su típica expresión dulce e imperturbable, pero su interior se agitaba como un ciclón en su fase más turbulenta. Había llegado a su cita veinte minutos antes. El profesor John Falcon la esperaba pacientemente en su despacho circular, ubicado en la planta 17 del edificio número 2 del Instituto Europeo de Investigación Biotecnológica. La puerta del ascensor se abrió. El pasillo parecía interminable. Sonia respiró hondo y con paso decidido se dirigió al despacho del profesor. El sonido provocado por sus pasos encendía el denso silencio que inundaba el lugar. Aunque llevaba preparándose dos meses para aquel momento, su mente aún no se encontraba lista para afrontar el encuentro. Sus recuerdos empezaron a abordar su ya de por sí agitada conciencia. Ni siquiera sus años de estudiante de neurocirugía cuántica y otros tantos como directora del departamento de neurociencias de la Universidad de Cambridge, no podían solventar las dudas morales y éticas habían empezado a atormentarla.

Se dirigió a una puerta doble con una placa donde podía leerse: "Profesor Falcon. Director Ejecutivo. Dpto. de Aplicaciones de Redes Neuronales". Un largo suspiro sirvió para dejar de lado su expresión taciturna y dar paso a una sonrisa forzada. Pasó sus dedos por sus cabellos, se ajustó la chaqueta y golpeó la puerta dos veces. Después de varios segundos de silencio el profesor contestó:

- Pase por favor.

La doctora giró el pomo y entró suavemente.

- Buenos días John – saludó Sonia.

El profesor, aunque no superaba los cuarenta años de edad, su rostro sí mostraba una edad más avanzada. John Falcon era uno de los investigadores europeos más reconocidos por la comunidad científica; llevaba toda una vida dedicada a proyectos cada vez más innovadores. Su aspecto desnutrido y desmejorado declaraba la prioridad del profesor por su trabajo respecto a otras necesidades fundamentales como su salud. Lentamente el profesor se levantó de su sillón giratorio acercando su mano a la doctora. Aquel era un momento muy esperado por John. Por una parte resultaba ser el momento cumbre de su carrera, la prueba definitiva e irrefutable que demostrara la utilidad de su mayor proyecto de investigación. Por otra parte, sabía que por el contrario aquel era uno de los momentos más dolorosos y emocionantes de la vida de su antigua compañera de estudios.

En un rincón del despacho, Sonia leyó en un cuadro la frase: "*Como no sabíamos que era imposible, lo hicimos*".

- Buenos días Sonia. Me alegro mucho de verte.

Durante unos segundos estrecharon sus manos, el tiempo suficiente para que el profesor se percatara del dolor y del miedo que habitaba en la mirada de la doctora -. Siéntate por favor – la invitó.

Ambos se sentaron y a continuación hubo unos segundos de un incómodo silencio.

- Sonia. Sé perfectamente que no es fácil... Te agradezco enormemente que hayas sido tú quien te hayas presentado voluntaria para el experimento.

- No tienes que darme las gracias. Como tampoco tienes que preocuparte por mí. Es sólo un experimento más del Instituto. No tiene nada de...

- No has cambiado nada. Siempre supiste ocultar muy bien tus sentimientos.

La doctora se quedó en silencio unos segundos. John la miraba fijamente con una mezcla de compasión y ternura.

- Hace unos días hizo tres años desde el incidente. Pero hoy, al igual que cada uno de los días que han pasado desde entonces, lo he recordado como si hubiera ocurrido el día anterior.

- Entiendo... Sonia. Si quieres podemos aplazar el experimento hasta que te encuentres con fuerzas para esto.

- No – exclamó la doctora con rotundidad -. Desde que hablamos por teléfono hace dos meses he estado preparándome para este momento. Debe de ser hoy.

- Como quieras Sonia, pero ya conoces el protocolo. Las pruebas...

- ...deben ser efectuadas por personal ajeno al experimento, sin conocimiento alguno acerca de su desarrollo ni de su aplicación – Sonia completó la frase.

- De acuerdo doctora. Supongo que está preparada. Te explicaré cómo procederemos. Entrarás en el laboratorio número 9 conmigo y mis ayudantes. El sistema está preparado en la sala de pruebas. Deberás entrar sola. Yo me quedaré en el puesto de mando con los demás, monitorizando todo el proceso. Recuerda que una vez que estés dentro no podrás abortar el experimento. Volver a repetirlo nos llevaría meses de trabajo y los presupuestos son ya bastante limitados. La sesión tendrá una duración máxima de treinta minutos. Recuerda el objetivo, no lo olvides en ningún momento.

La doctora Miller escuchaba y asimilaba cada palabra de su antiguo colega. La contundencia de su explicación le hizo sentir un fuerte dolor en el pecho. Los nervios estaban a punto de pasarle factura, pero debía contenerse y demostrar a su interlocutor que se encontraba en perfecto estado físico y mental para la realización de la prueba.

- ¿Lo has entendido bien? – preguntó John con un tono frío y un tanto nervioso.

- Perfectamente John. No te arrepentirás. Estoy segura de que ese Nobel que tanto has anhelado tendrá muy pronto tu nombre.

John esbozó una triste sonrisa. Sonia, en su intento por tranquilizar al profesor, sintió como si hubiera alcanzado el punto más sensible del alma de su antiguo compañero. El profesor se levantó de su asiento.

- En unos momentos llegará uno de mis colaboradores para que firmes las cláusulas necesarias del experimento. Luego te acompañará al laboratorio. Me voy para allá para poner a punto los últimos detalles.

Sonia se levantó y sonriendo dijo:

- De acuerdo John. Muchas gracias por todo.

- No, Sonia. Gracias a ti – agradeció el profesor mostrando una expresión tranquilizante -. No tienes de qué preocuparte. Recuerda que esto es sólo ciencia. Nada más. No lo olvides, es importante. Nos veremos cuando acabe el experimento.

- Adiós John.

El profesor Falcon abandonó el despacho. El corazón de Sonia palpitaba con mucha fuerza.

«Ayúdame Steve. Ayúdame». Rogó la doctora a sus adentros. Sus pensamientos, sus oscuros y trágicos recuerdos empezaron de nuevo a aparecer ante ella...

- Cariño, no quiero que te preocupes por nada. Estaré de vuelta muy pronto.

- Tres años... Me resultarán siglos si no estás aquí.

- Está será mi penúltima misión. Te lo prometo.

- ¿Cómo que la penúltima? ¡Dijiste que ésta sería la última!

- Descuida sirenita. Volveré para quedarme a tu lado y hacerte feliz. Esa será mi última misión.

La puerta se abrió de par en par. El estruendo hizo a Sonia descender al mundo real. Un joven con bata y portafolio en mano entró con decisión en el despacho de John. Tras una breve presentación, la doctora firmó todos los documentos que el colaborador del profesor le facilitó. Ni siquiera tuvo la paciencia de leer las numerosas cláusulas de su contrato. Confiaba en John y eso le bastaba. Después, el ayudante condujo a Sonia al laboratorio número 9.

Todo estaba inundado por una densa luz roja. Tras unos cristales, pudo distinguir al profesor Falcon junto a otros tres científicos. Parecía muy ocupado en la puesta a punto del sistema. Sonia se quedó mirándolo por unos segundos. Sabía que un sólo gesto o un saludo la tranquilizaría, pero el doctor ni siquiera la miró. El colaborador que la condujo al laboratorio señaló la puerta que conducía a la sala de pruebas. Él entró por otra puerta que conducía a la sala de control, donde le esperaban sus compañeros.

Una luz verde se encendió encima de la puerta. Como ella bien sabía, aquella era la señal de que todo estaba listo para poder entrar. Se dirigió lentamente hacia ella. Veinte metros, quince metros, diez, ocho, cuatro, dos, uno... Al fin llegó. Su corazón parecía que iba a estallarle de un momento a otro.

Abrió la puerta. Entró y, acto seguido, la puerta se cerró tras ella con un sonido fuerte y metálico. El habitáculo era pequeño, apenas diez metros cuadrados. Aquel lugar no era nada parecido a las salas de pruebas de su departamento de investigación de la universidad. Las paredes la rodeaban de forma siniestra y claustrofóbica. La luz roja ambiental estaba allí también presente. Frente a ella, en el techo, colgaba un proyector holográfico. Cerró los ojos entregándose a su suerte y a su destino. La frase «sólo es un experimento, sólo es ciencia» que tantas veces se había repetido en los últimos dos meses, había dejado completamente de tener sentido para ella. Aquello iba a ser un momento alegre pero triste al mismo tiempo. Sabía que cuando saliese de allí, el recuerdo de su marido no se iría de su mente y su corazón en toda su vida. Pero aquello merecía la pena. ¿Realmente funcionaría?

De repente el proyector se iluminó. Sonia abrió los ojos lentamente. Una gran pantalla holográfica se dibujó ante ella. Aparecían y desaparecían datos de forma muy rápida: el sistema estaba poniéndose en marcha. Tras varios segundos de eterna espera, en la pantalla pudo leerse: «Sistema iniciado sin incidencias. Comandante Steve Connor, jefe de la misión Ulises VI (año 2018)».

Tras varios segundos observando la pantalla, sin saber bien qué hacer o decir, una voz familiar inundó la sala, llegando al mismísimo alma de la doctora.

- Sonia – dijo aquella voz.

Sus ojos se abrieron aún más. Cada día de aquellos tres últimos años habría dado su vida por escuchar esa voz.

- Sí, Steve. Soy yo – contestó la doctora.

Hubo un corto silencio.

- Había perdido la esperanza de volver a verte.

- ¿Puedes verme? - preguntó Sonia.

- Sí. Sigues tan hermosa como siempre.

La doctora sonrío. Sonrió como lo hacía en el pasado. Por primera vez en mucho tiempo se sintió feliz. Pero de repente recordó el protocolo del experimento. Recordó difícilmente que aquella voz no era la de su marido, sino una voz sintetizada por un ordenador que contenía una copia exacta del cerebro de su difunto marido.

- ¿Te han explicado...? Bueno, el porqué estás aquí – preguntó seriamente Sonia.

Hubo otro silencio de varios segundos.

- Sé lo que soy ahora, si a eso te refieres – dijo la voz de Steve.

Sonia se percató que aunque aquella voz era la de un ordenador, el tono y la forma de expresión de aquellas palabras era exactamente igual tal como su marido lo hacía en vida.

- He visto cosas Sonia. Durante mi misión. Cosas que ningún ser humano ha visto jamás. Cosas tan maravillosas que nadie debería verlas. Cuando estaba allí sólo podía pensar en ti. Ahora el ejército está muy interesado en esa información.

- ¿De qué cosas hablas?

- Del origen de los seres humanos, del origen del universo, del porqué de todo aquello que puedas preguntarte... John te ha enviado aquí para que obtengas la información que él necesita, ¿verdad?

- ¡No! – exclamó Sonia –. Estoy aquí para probar que realmente piensas como antes, como cuando eras...

- ...humano. ¿A eso te refieres?

- Sí.

- Si has venido sólo por eso, te daré la prueba de ello. Después podrás irte.

Sonia se quedó sin saber qué decir.

- Te quiero. Aún te quiero sirenita – dijo la voz de Steve.

Los ojos azules de Sonia se llenaron de lágrimas. De nuevo recordó el protocolo. Ella estaba allí en función de colaboradora del proyecto, no como viuda del comandante Connor. Sin parpadear dijo:

- Creo que la prueba ha concluido – sentenció Sonia.

La doctora se dio media vuelta y avanzó hasta la puerta automática de salida.

- Sonia – dijo aquella voz.

La doctora se detuvo.

- Aunque te resulte tan difícil de asimilar, soy Steve. Pienso como Steve. Siento como Steve...

- El procesador del sistema se limita a imitar las conexiones neuronales del cerebro de mi difunto marido – dijo fríamente la doctora.

- Así es, pero mi mente y mis sentimientos se encuentran intactos – señaló aquella voz. Una mezcla de tristeza e ira acompañaban a aquellas palabras.

Sonia volvió a quedarse en silencio. Tantos años defendiendo teorías y paradigmas científicos, y en aquel momento, su corazón colisionaba brutalmente con la razón y la realidad.

- Hazme una promesa Sonia. Hazlo por lo que fui, por lo que una vez fuimos -. Sonia asintió. - Prométeme que después de esta prueba, harás todo lo posible para que desconecten este sistema. No quiero continuar así. Es doloroso.

Sonia sentía como sus piernas flaqueaban. Estaba a punto de desplomarse. Reuniendo las pocas fuerzas que le quedaban, agarró el pomo de la puerta.

Sólo se le ocurrió decir una frase. Realmente aquello echaba por tierra su calidad de científica. Si la pronunciaba, su papel en aquel experimento habría fracasado. Sabía que así John jamás arrebataría de aquel Steve la información que necesitaba.

- Te quiero, Steve. Siempre te querré.

Entonces giró el pomo de la puerta y salió de la sala.

Ilusiones Perdidas

El viejo despertador sonaba como todos los días, a las cinco de la madrugada. Era un oxidado aparato cuyo origen no recordaba ni siquiera su propio dueño. La manecilla de los minutos estaba rota y yacía en el fondo de la quebrada esfera de vidrio. John daba un suave golpe al reloj para silenciarlo, se incorporaba en su incómodo camastro y se quedaba sentado un par de minutos con la vista fija en la ventana del fondo de su habitación, a través de la cual podían distinguirse las luces de los barcos que entraban y salían del puerto. Cómo aún era noche cerrada, encendía la única bombilla que colgaba del centro del techo de su habitación, un polvoriento desván que había alquilado en un viejo almacén del muelle muchos años atrás. Se aseaba un poco en un lavabo que se encontraba en una esquina del habitáculo, se enfundaba su atuendo de trabajo y se servía medio vaso de vino.

A las cinco y media John salía del oscuro y sucio edificio. Todo estaba como siempre, como todos los días, sumido en un silencio adormecedor. Un frío húmedo calaba los huesos, pero a John ya no le importaba. Después de cuarenta años haciendo lo mismo todos los días ya no le importaba madrugar, ni el frío, ni la oscuridad ni el silencio. El camino que lo separaba de la fábrica donde trabajaba pasaba por el muelle de la ciudad. Allí el viejo John observaba aquellos barcos con detenimiento.

Años atrás soñaba con tener un día libre en el trabajo, en el que pudiese disfrutar de una jornada sentado en el muelle, observando cargueros y pesqueros. Pero ese día nunca llegaba, así que John aprendió a conformarse con esos breves momentos en los que pasaba junto al muelle camino al trabajo. Eran las seis menos cinco minutos cuando llegaba a la fábrica y aún era completamente de noche. Era una vieja factoría de hélices de barcos, en la que John desempeñaba exactamente la misma tarea todos los días, de seis de la mañana a ocho de la tarde, durante sus últimos cuarenta años. Ciento catorce eran exactamente las hélices que John remachaba en una jornada de trabajo.

A las siete y cinco de la tarde, John salía de la fábrica. La noche ya envolvía de nuevo el puerto con su triste manto de oscura soledad. John iniciaba el camino de vuelta al viejo almacén de motores donde vivía, pero esta vez seguía una ruta distinta. Para volver transitaba por una avenida paralela al muelle, donde sucias tabernas y pensiones mugrientas recogían a los seres más despreciables de ultramar. John nunca entraba en ellas. Podía, sin embargo, pasar de nuevo por el puerto y deleitarse de nuevo con los barcos, pero prefería dejar aquella pequeña gran distracción para la madrugada siguiente. Pensaba que si pasaba dos veces al día por su lugar favorito sería menos emocionante que si lo hiciese tan sólo una vez.

A las siete y media llegaba al almacén, subía al desván, cerraba la puerta, se servía medio vaso de vino y se sentaba en la cama con la vista fija en su única ventana, a través de la cual llegaba de vez en cuando el sonido grave de una chimenea de un gran carguero. Poco a poco se iba sumiendo en el más profundo sueño, hasta que, a las cinco de la mañana, su viejo y oxidado despertador sonaba de nuevo.

Despertar, caminar, trabajar, vivir. Soñar, desear, dormir, morir.

Cuando el viejo despertador sonó aquella fría mañana del nueve de diciembre, John, por primera vez en cuarenta años, no estaba en su cama. Se encontraba sentado en el muelle, observando en silencio los barcos que entraban y salían del puerto. Un hombre cuyo rostro mantenía oculto se acercó a John y le dijo.

- Puedes embarcar donde quieras y salir de aquí para siempre.

John le observó fijamente y respondió:

- Siempre lo he sabido.

El hombre del rostro oculto volvió a hablar:

- ¿Y por qué nunca lo has hecho?

Un remolcador pasó cerca de ellos y su potente foco iluminó el rostro del hombre misterioso. John sonrió tristemente al verse a sí mismo y sentenció:

- Nunca he embarcado porque nunca tuve el valor suficiente. Has llegado demasiado tarde.

John dio media vuelta y se dirigió, como todos los días, a la fábrica de hélices de barcos.

Quién Eres

David observaba con ternura a su amada mientras ésta le narraba los detalles de su ascenso. Ella, percatándose de que su amigo estaba atendiendo más a su escote que a su exposición, dijo secamente:

- ¿Estás escuchando lo que te estoy contando?

- Oh sí, claro, claro. Continúa por favor. ¿Cuándo firmarás el contrato?

- Mañana a primera hora. Te lo he dicho hace un minuto -. Sandra se puso en pie.

- Tengo que irme.

- Espera. ¿Qué tal si te invito a cenar esta noche y, ya sabes, celebramos tu nuevo puesto de jefa de redacción?

La chica se detuvo a pensar un instante. Se percató de la mirada ilusionada de su amigo y se volvió a sentar.

- Tenemos que hablar.

Sandra cambió su tono habitual de voz por otro más suave.

- David, a ver, no sé cómo decirte esto. Sé que te gusto. Lo sé desde que te conocí.

El chico, nervioso, cortó el inicio de la perorata que esperaba de su amiga. Supo que el fin estaba cerca. De nuevo.

- Sandra, sólo te estoy invitando a cenar, no te estoy pidiendo que te cases conmigo.

- Lo sé. A lo largo de estos meses he llegado a conocerte bastante bien, y sé que estás enamorado de mí. Cualquier chica se hubiera dado cuenta de ello.

David intentó interrumpir de nuevo a la periodista, pero ella se lo impidió.

- No. Hay que aclarar esto, por el bien de los dos. Por nuestra amistad.

- Sandra, no, por favor.

- David, mírame a los ojos, es importante. Eres un buen amigo. Te has portado muy bien. Eres una persona fabulosa. Cualquier chica se sentiría alagada, pero siento decirte que no estoy enamorada de ti. Y dudo que vaya estarlo.

David se quedó en silencio, mirando el poso de su taza de café, la cual apretaba fuertemente con ambas manos.

- Para, por favor.

- No, no paro porque sé que tú no lo harás. Sé que eres tú el anónimo que me envía flores todas las semanas. He visto el ticket de la floristería en tu cartera cuando fuiste al servicio hace cinco minutos.

- Para.

- No, hay más. Quiero que sepas que he conocido a alguien.

- ¡Es suficiente!

David se levantó de la mesa. Todas las personas de la cafetería se callaron y se giraron para observarlos.

- Ahora me toca hablar a mí.

- David, yo...

- No, escucha ahora lo que tengo que decirte. He agotado mis recursos. He intentado todo lo posible para enamorarte y no lo he conseguido.

- David, ahí fuera ahí cientos de chicas que...

- Vamos Sandra, despierta. Ahí fuera no hay más que lo que yo quiera que haya.

- ¿Cómo dices?

- Nada.

- Me voy. No pienso aguantar tus desvaríos.

- ¿Desvaríos? Tú existencia, si puede llamarse así depende únicamente de mí.

- David, tengo prisa. De verdad, tengo cita en la peluquería.

- ¿Cita en la peluquería? Pues anulemos esa cita.

Antes de terminar la frase el móvil de Sandra sonó. La chica miró de forma recelosa a su amigo. Después de contestar, colgó despacio y acto seguido clavó sus ojos en los de David.

- Era mi peluquera. Le ha surgido un imprevisto y me ha llamado para anular la cita.

- Perfecto. Ahora ya no tienes excusa para que oigas lo que tengo que contarte.

- No sé de qué va esto, pero no me gusta nada. Déjame marchar.

- No voy a hacerte daño. Sólo quiero que me escuches, al igual que yo he tenido que oír tu sermón de "eres una buena persona pero no me enamoraría de ti ni en un millón de años".

- ¿Pero qué es lo que tengo que escuchar?

- Que no existes, que nada de lo que aquí ves existe.

- Estás loco, ¿piensas que puedes convencerme de que no existo? Olvídate de mí, no vuelvas a...

- ¿Necesitas pruebas?

- ¿Te crees una especie de dios o algo así?

- Algo parecido.

- Pues si eres Dios, ¿por qué no has hecho que me enamore de ti?

- Acabo de comprobar que es lo único que no puedo provocar. No puedo hacer que me ames. Es como si el amor no pudiera crearse ni destruirse. Como la energía.

La chica no sabía qué hacer. Sentía temor pero a la vez curiosidad. ¿Habría sufrido su amigo algún ataque de locura? Era su única amiga. Sandra se sentía en la situación más incómoda y extraña de toda su vida.

- Haz que nieve - dijo al fin.

David sonrió. La chica pudo ver un leve destello en los ojos de su amigo. De repente, una niña que bebía un batido con su madre en una mesa cercana a una ventana gritó:

- ¡Mira mami! Está nevando.

- Hija no digas tonterías. Estamos en pleno mes...

La mujer no daba crédito a lo que veían sus ojos. Por primera vez en su vida vio nevar en verano, en la cálida ciudad de Los Ángeles. Todo el mundo que se encontraba en la cafetería se lanzó a las ventanas a observar el gran espectáculo.

Sandra no sabía qué hacer ni qué decir. Se sentó apesadumbrada y cansada.

- No entiendo nada. ¿Qué diablos está pasando?

- Haré que pase lo que tú quieras.

- ¿Quién eres?

- Soy David.

- ¿David el dios? ¿O David el vendedor de la tienda de cómics?

- Creo que ambos.

La chica se quedó pensativa unos instantes, reflexionando y digiriendo toda aquella absurda escena. Al fin habló.

- Bien David. A partir de ahora supondré, sólo supondré, que tienes razón en todo lo que me estás contando. Allá va. Si eres un dios. ¿Por qué no has creado un mundo sin guerras? ¿O te has proclamado sultán y te has hecho con un harem de mil bellas mujeres? ¿O por qué no has descubierto algo importante que te haya hecho ganar un Nobel? O mejor aún, ¿por qué no te enfundas el traje de Superman e imitas sus superpoderes? – David sonrió sin decir nada -. ¿Y cuál es la razón por la cual renuncias a todo eso por ser un vendedor sin futuro en una vieja y sucia tienda de cómics?

- Por ti.

- ¿Por mí?

- Así es - afirmó David.

- Si te digo la verdad, espero que no te moleste, me hubieras impresionado más si vivieras en Beverly Hills, tuvieras un Ashton Martin o fueras presidente de alguna multinacional. Podrías haber hecho eso y no lo hiciste, ¿por qué?

- Porque quería un mundo real, no un mundo de fantasía.

- ¿Qué es para ti un mundo real?

- Para mí, un mundo real es un mundo que parece real, aunque no lo sea.

- No entiendo nada. Esto es una locura. Y yo te estoy siguiendo el hilo...

Sandra suspiró para calmarse, cerró los ojos durante unos instantes y luego dijo:

- Cuéntamelo todo David. Cuéntamelo y acabemos con esto.

El vendedor de cómics pidió otra taza de café e inició su historia.

«Si te soy realmente sincero no sé exactamente cuánto tiempo ha pasado. Dos años, tres, cuatro quizá. En mi realidad, yo era igual que soy ahora, vendedor de la tienda de cómics de la calle Saint Jean. Era tal y como me ves. Llevaba una vida normal, sin lujos, sin éxito, pero también sin problemas. Hasta el día en que entraste en mi tienda. Me preguntaste por una edición especial de Watchmen. Era un improvisado regalo para tu hermano mayor, que ese día cumplía los treinta. Esa mañana, aquella misma mañana, me enamoré completamente de ti. Saliste y no volví a verte. Pasé las siguientes semanas esperando a que volvieses a entrar por la puerta, y maldiciéndome por no haberte pedido tu número de teléfono.»

- ¿Seguro que era yo? - preguntó Sandra.

- Supongo que no exactamente. Ahora mismo, aquí, en esta realidad te he diseñado tal y como yo creía que eras.

- Diseñado...

- Sí. Todo cuanto hay aquí es fruto de mi mente.

- Ya lo entiendo. Ahora me dirás que estamos muertos o algo así.

- No.

- Entonces eres un extraterrestre.

- No.

- Eres el nuevo mesías.

- No digas tonterías.

- Me rindo.

- Continuaré mi relato.

- De acuerdo, sí, continúa.

«Un par de meses más tarde de nuestro primer y único encuentro fui al médico. Cada vez me costaba más esfuerzo leer. Pensé que iba a necesitar gafas, pero resultó ser algo mucho más grave. Durante semanas me realizaron decenas de pruebas de todo tipo. Entretanto mi vista empeoró, al igual que mi oído y mi olfato. Hasta que al fin, un fatídico lunes, el doctor me comunicó el diagnóstico final. Mi cuerpo estaba empezando a fallar. Tenía una enfermedad de las catalogadas como raras. No recuerdo ni siquiera su nombre. Consistía en que poco a poco, mis sentidos iban a ir fallando hasta perderlos. A los dos meses de aquella terrible noticia empecé a dejar de sentir dolor. A los tres meses ya necesitaba un audífono. A los cuatro unas gafas especiales. A los cinco había perdido totalmente el olfato, el gusto y el tacto... El resto de mis órganos, como el corazón o el cerebro estaban intactos, y estarían así de sanos hasta que, algún día, quizá con ochenta o noventa años, muriera. Intenté solicitar mi derecho a morir dignamente a un juez, pero la legislación del estado de California lo impedía. Mi destino era estar postrado en la cama de un hospital el resto de mi vida, vegetal, sin ningún tipo de contacto con el mundo. Aún recuerdo el último destello de luz que vi. Después, perdí totalmente la visión. A continuación, la oscuridad, el silencio, la nada. Yo en medio de tinieblas infinitas. Entonces utilicé lo único que me quedaba, mi mente y mis recuerdos. Y así fue como lentamente fui recreando mi realidad, persona por persona, calle por calle, cada uno de tus cabellos... Disponía de todo el tiempo que quisiera. Así fue como continué mi vida. En una *pseudorealidad* completamente distinta, pero a imagen de la real. Espero que ahora entiendas porqué no he querido nunca un mundo de fantasía. Ser Superman está bien, pero cuando sabes que cuando termine el sueño estarás en tu mundo, en tu vida real, con personas reales con problemas reales. Yo quería mi realidad, quería mi vida. Lo único que he hecho es recuperarla de la única forma que tenía.»

La chica había seguido detenidamente cada palabra del discurso de su amigo.

- Lo que me has contado es realmente increíble David. Deberías escribir cuentos. Se te daría muy bien.

- No me crees.

- Tú me has diseñado. Deberías saberlo. Si soy fruto de tu imaginación, por qué no haces que diga «oh sí, David, claro que te creo».

- No has entendido nada. Si hiciera que dijeras eso, no parecerías real. Ninguna persona en su sano juicio creería mi historia. Te vuelvo a repetir Sandra, que no quiero una fantasía. Sé que esto no es real, ni puedo hacer que sea real, pero sí puedo hacer que lo parezca.

Ambos se quedaron en silencio, sin saber qué decir.

- ¿Y ahora qué? - preguntó Sandra -. ¿Destruirás este mundo ahora que sabes que no has conseguido enamorarme?

- No.

- ¿Entonces, qué harás?

- Seguir viviendo en él, pero no volveré a verte.

- ¿Por qué?

- Porque sigo queriéndote.

- No lo entiendo.

- Haré que sigas viviendo en este mundo, y me encargaré de que seas feliz. El chico del que te has enamorado se dirige hacia aquí. Pasará por esta cafetería en un par de minutos.

- ¿Y qué tengo que hacer?

- Sal y salúdale. Yo haré el resto.

- ¿Dónde irás?

- Estaré en todas partes y en ninguna. Velaré porque este mundo siga funcionando para ti, para que seas feliz. Es lo más que puedo hacer por la persona a la que amo.

David dejó unas monedas en la mesa y salió de la cafetería. Sandra se quedó callada, ensimismada... De repente, una cara conocida pasaba por la calle. La chica cogió su bolso y salió a saludar al hombre que amaba.

A dos manzanas de allí, en un callejón, David se desabrochaba la camisa mostrando una gran S para, segundos después, salir volando de allí.

El Fantasma de Robert

No eran más de las dos de la madrugada cuando Robert se despertó súbitamente en su cama. Empapado de un sudor helado y en un estado de alerta miraba todo rincón de la oscura habitación, abriendo bien los ojos para poder captar el más mínimo resquicio de luz. Su esposa, que dormía a su lado, se despertó debido a la alterada respiración de su marido. Soñolienta y confundida preguntó encendiendo una lámpara:

- Querido, ¿otra vez has viajado?

Robert no dijo nada. Abrió el primer cajón de su mesilla de noche y sacó un pequeño cuaderno. No encontraba nada con qué escribir.

- ¿Has vuelto a ver a ese… fantasma? – Preguntó Claire.

- Aquí estás.

Encontró un lápiz y empezó a escribir de forma atropellada y nerviosa.

- Querido, ¿qué ha pasado?

Robert miró a su joven esposa y dijo:

- Ha sido terrorífico Claire. Prefiero no hablar de ello.

El joven terminó de escribir, guardó el cuaderno en el cajón, dio un beso a su mujer y con un poco de esfuerzo volvió a dormirse.

A la mañana siguiente el matrimonio decidió dejar la casa. Robert pidió al banco donde trabajaba un traslado a una sucursal de otra ciudad, y éste le fue concedido en breve. Pasaron los días, los meses y los años. Robert, aunque continuaba viajando en sus sueños por las noches, no volvió a ver a aquel fantasma. La pareja tuvo una vida feliz, opulenta y colmada de amor, pero los avatares del destino, que no vamos a contar, hicieron que Claire, la anciana viuda de Robert, regresara a vivir a la vieja casa del centro de Liverpool.

Claire, aunque creía firmemente en todo lo que su marido decía, mostró siempre una actitud de cierto escepticismo, no en cuanto a sus viajes nocturnos, pero sí en cuanto a los fantasmas se refería. Sola en aquella gran casa, que tantos recuerdos le traía, empezó poco a poco a creer. Por las noches, sentía como algo o alguien se paseaba por la casa, y poco a poco fue perdiendo el sueño, hasta que llegó a pasar las noches en vela observando las sombras de su habitación. Aquella situación iba a volverla loca, así que decidió enfrentarse a sus miedos. Una noche, Claire se colocó torpemente sus zapatillas y se levantó de la cama. Dio un paseo por la casa, con una mezcla de terror, curiosidad y valentía. Mientras cruzaba el pasillo de la planta baja, de repente, sintió frío y un cosquilleo en la nuca. Supo en ese momento que detrás de ella había una presencia. Sin mirar atrás, Claire caminó hacía el salón de la casa. El tictac del reloj de pared parecía sonar más despacio. Aquellos pocos metros le parecieron eternos. Justo cuando llegó al salón, el reloj dejó de funcionar y el tictac se fundió en el silencio de la noche. El frío aumentaba, pero el miedo le impedía mirar hacia atrás. Se dirigió al reloj para darle cuerda. Pensaba que a lo mejor ignorando la situación el fantasma se iría. Cuando terminó la operación Claire se giró, y descubrió con asombro que el fantasma continuaba aún allí, a dos pasos de ella, mirándola fijamente. El terror hizo bloquear sus sentidos. Su garganta no pudo articular palabra ni grito, y sus músculos, agarrotados, anularon cualquier posibilidad de escapar. Pero el fantasma, de repente, desapareció. Claire vio como sus fuerzas volvían y su cuerpo empezaba a responder. Se dirigió todo lo deprisa que pudo al desván. Allí abrió un gran arcón donde guardaba los objetos personales de Robert. La anciana buscó con su temblorosa mano el cuaderno donde su marido anotaba los viajes y los sueños que tenía por las noches. Encontró varios y abrió uno que tenía por título 1912. Buscó la página correcta a la luz de una lamparilla y leyó:

«9 de abril.

Esta noche he vuelto a ver el fantasma. Me encontraba paseando como muchas otras noches por casa. He visto su cara. Se trata de una anciana en cuya mirada he podido leer un terror indescriptible. He pasado tanto miedo que he despertado en ese preciso instante.»

Cartas desde Waterloo

«Waterloo, 17 de junio de 1815.

Querida Aurore.

Hace más de tres meses que dejé París y parecen que son años los que me separan de ti. No he podido escribirte hasta ahora porque el correo está totalmente controlado. Hay seguidores de Luis XVIII por todas partes, y si esto no acaba bien, lo último que desearía en esta vida es que te vincularan con mi persona. Pero esta noche es distinta, el mariscal Murat ha permitido que escribamos a nuestros seres queridos, porque mañana es la gran batalla, aquella en la que se decidirá el destino de Francia y del mundo. Sé que nunca comprendiste que volviera a alistarme en el ejército, pero el emperador necesitaba hombres valientes de Francia, hombres que no les importe morir por su patria, hombres que defiendan las ideas y los valores de la libertad, de la democracia y del imperio.

Si sobrevivo, volveré en cuanto pueda a Paris a pedir tu mano. Seremos felices Aurore, estoy completamente seguro de ello.

Atentamente,

Teniente Armand Duvernois»

Aurore terminó de leer la carta. Dobló la hoja de papel con sumo cuidado y la guardó en uno de los bolsillos de su vestido.

Sus verdes ojos hablaron por sí solos. Lanzó un largo suspiro y se dirigió al ventanal de su salón. Allí se quedó en pie, observando la calle en silencio. Anne y el General la miraban con compasión.

- Venga al salón contiguo, le invitaré a un té - susurró Anne al militar.

Una vez acomodados, con una humeante taza en mano y fuera del alcance de Aurore, la joven inició la conversación.

- Cuénteme por favor cómo ha encontrado esa carta.

- Será un placer. Buscábamos la fosa común donde fue enterrado uno de los mariscales franceses caídos en Waterloo. No fue fácil, pero al fin, después de días de intensa búsqueda, encontramos el cadáver del mariscal Murat junto con seis oficiales. Cinco de ellos no pudimos identificar, pero el sexto llevaba una carta en su uniforme. Estaba firmada por el teniente Duvernois. Debido al mal estado del papel, transcribí su contenido a una hoja nueva para que fuese legible. Luego me presté voluntario para buscar a su destinataria y entregarle la carta en mano. Sin duda ha sido uno de los momentos más emotivos de mi vida.

- Aurore y Armand fueron amigos desde niños. Ella siempre estuvo enamorada de él y creo que Armand nunca lo supo. Ella nunca perdió la esperanza de volver a saber de él. Nunca llegó a casarse, ni siquiera se volvió a enamorar de otro hombre. Y hoy, casi sesenta años después de verlo partir por última vez, Armand reaparece en su vida - dijo la joven emocionada.

- Yo crecí cerca de aquí, conozco su historia perfectamente. De niño conocíamos a la señorita Aurore como la mujer del ventanal - comentó el General.

- Sí, desgraciadamente medio París la conoce por ese motivo. General, hoy ha devuelto la felicidad a Aurore. Le doy encarecidamente las gracias.

- Sólo he cumplido mi deber, señorita. Por cierto, si no es indiscreción, ¿qué parentesco la une con la señorita Aurore? – preguntó el militar.

- Oh, no es ninguna indiscreción. Ella es la hermana mayor de mi abuela Evelyn - afirmó Anne.

Tras terminar la taza de té y la conversación con Anne, el General abandonó la casa y, una vez en la calle, se giró para mirar el ventanal del salón de Aurore, de la misma forma como hacía de pequeño cada vez que pasaba por aquella avenida. Efectivamente ella seguía allí, pero aquella ocasión era distinta: había una sonrisa en su rostro.

Cuando el General dobló la esquina, se detuvo y sacó una hoja de papel sucia y arrugada del bolsillo de su chaqueta. Titubeó unos largos instantes, pero al fin se decidió y la rompió en decenas de trocitos, los cuales lanzó al aire antes de continuar su camino. Aquellos eran pedacitos de esperanza, resquicios de momentos olvidados cargados de ilusión, de secretos contenidos que sólo el viento a partir de ese momento conocería, y que posiblemente transportaría a los tristes campos de Waterloo.

«Waterloo, 17 de junio de 1815.

Querida Aurore.

Hace más de tres meses que dejé París y parecen que son años los que me separan de ti. No he podido escribirte hasta ahora porque el correo está totalmente controlado. Hay seguidores de Luis XVIII por todas partes, y si esto no acaba bien, lo último que desearía en esta vida es que te vincularan con mi persona. Pero esta noche es distinta, el mariscal Murat ha permitido que escribamos a nuestros seres queridos, porque mañana es la gran batalla, aquella en la que se decidirá el destino de Francia y del mundo. Sé que nunca comprendiste que volviera a alistarme en el ejército, pero el emperador necesitaba hombres valientes de Francia, hombres que no les importe morir por su patria, hombres que defiendan las ideas y los valores de la libertad, de la democracia y del imperio.

Aurore, en el fragor de la batalla te das cuenta de las personas que quieres y también de las que amas, porque en esos momentos, pensar en ellas es lo único que te hace seguir adelante y luchar para sobrevivir. Y es a ti, querida amiga, a quien confieso mi amor por tu hermana Evelyn, porque es ella quien no abandona mi mente ni mi corazón desde que abandoné Paris. Si sobrevivo a esta gran gesta, volveré en cuanto pueda a pedir la mano de Evelyn a tu padre. Ella aún no lo sabe, así que espero que me guardes el secreto.

Atentamente,

Teniente Armand Duvernois»

Sueño de Verano

No supe cómo llegué a aquel lugar. Mi primera reacción fue ponerme lentamente en pie mirando a mi alrededor. Me di cuenta en seguida que nunca había estado allí. Intentaré explicar lo que mis ojos vieron, aunque he de advertir que no me será fácil, pues no son las visiones las que son difíciles de describir, sino lo que el alma siente al verlas. Me hallaba en un calvero, en medio de lo que parecía un denso bosque, aunque más bien me dio la impresión de estar en el corazón de un misterioso jardín. Una luz omnisciente de un tono azul casi negro inundaba el paraje. Unas zonas podían observarse claramente y otras por el contrario se encontraban en sombras. El sonido era prácticamente inexistente, salvo por el repiqueteo de las alas de algunos insectos voladores. Tuve la sensación de que en aquel lugar el tiempo fluía más lentamente.

Mi desconcierto era patente, pero aun así no estaba nervioso. Tenía la fuerte convicción de que aquello no era un sueño, pero mis sentidos me contradecían una y otra vez. No podía ser real, no podía. De cualquier forma, fuese como fuese había llegado hasta allí. Necesitaba hallar explicaciones razonables y por ello decidí investigar.

Empecé a caminar. No hacía frío ni calor. Me recordaba aquellas noches de verano que cuando niño iba a visitar a mis abuelos al pueblo. Sombras, luz, sombras, luz, otra vez sombras. Los tonos azules pintaban mi entorno como un lienzo de Van Gogh. Pasé por delante de sauces silenciosos y pacientes, por cuidados setos que delimitaban la senda por la cual paseaba y por relajantes fuentes de piedra. De vez en cuando, alguna luciérnaga traviesa se cruzaba en mi camino.

Seguí caminando. Recuerdo perfectamente la sensación de sosiego que inundaba el lugar, tranquilidad que absorbí por completo. En uno de los claros del jardín en el que pude llegar a ver el cielo, vislumbré un firmamento como nunca mis ojos tuvieron oportunidad de presenciar: millones de estrellas, grandes, pequeñas, azules, rubíes, amarillas y esmeraldas, además de una gran luna llena inundaban la bóveda nocturna. Aquel espectáculo realmente me conmovió. Después de unos momentos bajé la vista y miré al frente, pues algo me llamó la atención. Caminé unos metros siguiendo la senda y percibí unas luces rojas girando en el aire, bajo la sombra de un arco de setos. Continué sin miedo, lentamente, hasta que observé un silencioso arlequín lanzando tres luces rojas al aire de forma cíclica. Vestido con un traje blanco y negro y la cara ligeramente inclinada me observaba como si estuviese acostumbrado a mi presencia. Continué mi lento paseo. Noté como el payaso triste continuaba su misterioso malabarismo con su vista fija en mí.

Si aquello era un sueño, me dije a mi mismo, no deseaba despertar, sería una pena irse sin haber descubierto el misterio de aquel lugar. Aquella pequeña aventura, aunque fuese ficticia, sería una buena historia para un relato, como los que escribo para el periódico todos los martes.

Seguí mi senda de piedras grises. Más luciérnagas, más sombras suaves, más luces tibias... La luna me acompañaba. Empecé a oír débilmente una melodía de piano preciosa, hipnótica, lenta, misteriosa. Seguí caminado hasta que vi un espectáculo que me hizo palidecer: una mujer vestida totalmente de blanco tocaba un piano marfil bajo la sombra de un sauce; cada nota que tocaba hacía estallar una nota de color en el aire, la cual iba deslizándose y ascendiendo pesadamente hasta fundirse con el oscuro océano que conformaba aquel cielo nocturno. Después de deleitarme con aquella composición, aún sin terminar, continué mi senda amiga hasta que ya no pude oírla.

Llegué hasta la cima de una zona elevada, donde observé una panorámica de aquel inmenso jardín: parecía no tener límites, millas y millas de vegetación y de sendas se perdían en el horizonte. Padecí unos momentos de decepción, pues esperaba encontrar un final que diese sentido a mi pequeño viaje. Bajé el sendero, el cual estaba flanqueado por estatuas neoclásicas de dioses griegos. Continué caminando, y por un momento pensé que volaba, pues todo se desvanecía empezando a flotar a mi alrededor. La melodía de un arpa lejano amenizaba el momento. Al igual que llegué a aquel lugar, me fui.

Nunca volví a aquel jardín, aunque si he de ser sincero siempre he tenido muchas ganas de volver. Nunca sabré a dónde llegaba aquella senda. Pero a veces los sueños no tienen explicación, y eso es lo realmente valioso en ellos. Ninguno de los habitantes de aquel edén se extrañó de mi presencia, por lo que aquella noche me sentí parte de aquel jardín, de aquel sueño.

Duelo en Amiens

Hay veces en las que toda una vida de preparación no es suficiente. El destino se nos presenta lejano, abstracto, casi incomprensible, pero a medida que el tiempo fluye y el transcurso de los años nos transforma en el protagonista de nuestro final, todo va cobrando sentido, las piezas encajan y la noción de abstracción desaparece. Sin embargo ni siquiera eso es suficiente, pensaba Louis mientras esperaba su destino. Tranquilo pero impaciente, con la mirada de aquellos que ya no esperan ganar ni perder nada en la vida, y con la fría convicción que sus garras recién afiladas le sabían transmitir, el francés subió al tejado de la catedral. Allí no había nadie, salvo las terroríficas gárgolas de piedra cuyos pavorosos rostros iban surgiendo de la oscuridad debido a la luz de la luna, que ascendía lentamente por el noroeste. La niebla impedía ver la ciudad desde allí arriba.

De repente, pareció intuirse una sombra al otro extremo del tejado. Ésta fue acercándose lentamente. Louis llevaba preparándose toda una vida para aquel duro momento. Sabía perfectamente lo que tenía que hacer, sabía lo que iba a ocurrir, ahora todo tenía sentido. Hacía mucho que aprendió a no dudar a la hora de llevar a cabo sus misiones, pero aquella era especialmente difícil para él. La sombra se detuvo a unos diez metros del joven. Radovan había sido puntual a su cita.

- ¿Conoces la historia de la rana y el escorpión? - preguntó con voz ronca tras su máscara.

Louis miraba fijamente a su "hermano", su enemigo. Louis no dijo nada.

- Veo que no te apetece escucharla. De acuerdo, te ahorraré el esfuerzo e iré directamente al final: yo soy el escorpión y tú eres la rana. Yo siempre seré un escorpión y tú siempre serás una rana, por mucho que te guste disfrazarte de gárgola - Radovan se quitó la máscara.

Louis pudo ver la avanzada descomposición de la cara de su enemigo, lo cual le produjo una profunda sensación de repugnancia. Una extremidad puntiaguda asomó lentamente por la espalda de Radovan.

- ¡Dime Louis! ¿Es esta la hora de mi muerte? – los gritos de Radovan se multiplicaban en la noche -. ¿Es esta mi última noche? ¿O es la tuya?

«¿Es esta mi última noche? ¿O es la tuya?». El pequeño se incorporó en la cama sobresaltado. Aquellos gritos dentro de su cabeza le despertaron súbitamente. Encendió su lámpara para comprobar que se encontraba en su hogar en lugar de en aquel oscuro y frío tejado para tranquilizarse. Pero al encender la luz se asustó de nuevo al ver cómo había alguien durmiendo junto a él. El niño bajó de la cama y corrió hacia la monja que hacía turno de guardia aquella noche. Afortunadamente el pequeño se encontró con la hermana Esther.

- Oh, mi pequeño Louis. Siento que te hayas llevado un susto. No temas. Trajeron a Radovan esta misma noche, lo metimos en tu cama de forma provisional porque es la más amplia, sólo hasta mañana. No quise despertarte.

El pequeño Louis miraba con dulzura a aquella monja; ella era para él lo más parecido a una madre.

- Radovan tiene tu edad y parece un buen chico. Estoy segura que os llevaréis muy bien. Ahora vuelve a la cama - sor Esther dio un beso en la frente al pequeño y sintió cómo éste tuvo una especie de escalofrío. Louis pudo ver la forma tan brutal con que la joven moría y se despegó de ella, agachó la vista y se dirigió de vuelta a su habitación. La hermana miró algo preocupada al pequeño. El niño se detuvo y se volvió.

- Hermana.

- ¿Sí, Louis?

- ¿Recuerda que un día me dijo que Dios me habla porque soy especial?

- Sí, mi pequeño Louis - a Sor Esther le brillaron los ojos. Hubo unos instantes de silencio absoluto.

- No quiero ser especial.

El pequeño dio la vuelta y fue a dormir junto con su nuevo compañero.

www.ingramcontent.com/pod-product-compliance
Ingram Content Group UK Ltd.
Pitfield, Milton Keynes, MK11 3LW, UK
UKHW012243240726
13966UKWH00004B/1261